Caillou MD

La garderie

Texte : Christine L'Heureux et Gisèle Légaré
Illustrations : Pierre Brignaud • Coloration : Marcel Depratto

chouette

–Aujourd'hui, Caillou, c'est une journée spéciale, dit maman. Pendant que nous serons au travail, tu seras à la garderie.

–La garderie? demande Caillou.

–Oui, tu te souviens? C'est l'endroit où il y a beaucoup d'amis et de jeux, explique maman.

Caillou court chercher son ours en peluche. Il est impatient de partir. Caillou arrive à la garderie. Il est intimidé. Il ne connaît personne.

–Bonjour, Caillou. Je m'appelle Florence, dit l'éducatrice. Je suis très contente que tu viennes jouer avec nous.

—Amuse-toi bien, Caillou. Nous reviendrons te chercher bientôt, dit maman.

—Non… Je veux que tu restes avec moi, répond Caillou.

—Ce n'est pas possible, dit papa. Mais nous reviendrons te chercher tout de suite après le travail. Promis !

Caillou regarde partir papa et maman. Il a le cœur gros.
Il se sent abandonné.
—Et s'ils ne revenaient pas? pense Caillou.
Il a peur que maman et papa l'oublient à la garderie!
De grosses larmes coulent sur ses joues.

– Viens jouer avec nous, Caillou, dit Florence.
Mais Caillou n'a pas envie de jouer.
Florence s'approche :
– Regarde, Caillou, ton ours en peluche veut jouer
avec les amis.
Caillou serre son nounours très fort.

Florence demande à Caillou de choisir un livre.

–Je vais raconter une histoire, dit-elle.

Caillou écoute attentivement l'histoire de Florence.

C'est un beau conte avec des ours en peluche, comme

Caillou les aime.

–Tu me prêtes ton nounours? demande Philippe.
Caillou refuse. Alors Philippe s'assoit dans une voiture
et commence à se promener. Caillou le regarde.
Puis il monte lui aussi dans une voiture.
C'est très amusant de rouler derrière Philippe!

−Tout le monde à table! lance joyeusement Florence.
Aujourd'hui, il y a des pommes au four pour dessert.
Caillou est surpris. Ça n'a pas le même goût qu'à la maison.

À l'heure de la sieste, Florence installe Caillou sur un petit matelas, tout près de Philippe. Caillou s'ennuie de papa et de maman.

Florence dit doucement :

– Fermez les yeux, les amis. Écoutez la jolie musique…

Caillou s'endort avec son ours en peluche.

Philippe réveille Caillou.
–Viens jouer avec moi, dit-il.
Caillou est très content de jouer avec Philippe.
Il lui a même prêté son ours en peluche.
–Caillou, regarde qui est là !
dit tout à coup Florence.

Caillou court vers maman et papa.

–J'ai joué aux autos avec Philippe ! dit Caillou gaiement.

–Au revoir, Caillou ! dit Florence.

–Au revoir, les amis ! répond Caillou.

Texte : Christine L'Heureux et Gisèle Légaré
Illustrations : Pierre Brignaud
Coloration : Marcel Depratto
Direction artistique : Monique Dupras

Nous reconnaissons l'aide financière du gouvernement du Canada par l'entremise du Fonds du livre du Canada pour nos activités d'édition.

Patrimoine   Canadian
canadien   Heritage

Nous remercions le ministère de la Culture et des Communications du Québec et la SODEC de l'aide apportée à la publication et à la promotion de cet ouvrage.

SODEC
Québec

Catalogage avant publication de Bibliothèque et Archives nationales du Québec et Bibliothèque et Archives Canada

L'Heureux, Christine, 1946-
Caillou : la garderie
Nouv. éd.
(La grande Ourse)
Publ. à l'origine dans la coll. : Collection Rose des vents. 2000.
Pour enfants de 3 ans et plus.

ISBN 978-2-89450-655-4

1. Garderies - Ouvrages pour la jeunesse. I. Légaré, Gisèle, 1943- . II. Brignaud, Pierre. III. Titre. IV. Titre : Garderie.

HQ778.5.L43 2008   j362.71'2   C2007-942185-7

Dépôt légal : 2008

Imprimé en Malaisie
10 9 8 7 6 5 4 3 2   CHO1757 OCT2010